O Deserto Interior

O Deserto Interior

ALDIVAN TORRES

Canary Of Joy

CONTENTS

1 "O Deserto Interior"   1

1

"O Deserto Interior"

Aldivan Teixeira Torres

O Deserto Interior

Autor: Aldivan Teixeira Torres
©2018-Aldivan Teixeira Torres
Todos os direitos reservados

Este livro, incluindo todas as suas partes, é protegido por Direito de autor e não pode ser reproduzido sem a permissão do autor, revendido ou transferido.

Aldivan Teixeira Torres, natural do Brasil, é um escritor consolidado em vários gêneros. Desde cedo, sempre foi um amante da arte da escrita tendo consolidado uma carreira profissional a partir do segundo semestre de 2013. Espera com seus escritos contribuir para a cultura brasileira, despertando o prazer de ler naqueles que ainda não tenham o hábito. Sua missão é conquistar o coração de cada um dos seus leitores. Além da literatura, seus gostos principais são a música, as viagens, os amigos, a família e o próprio prazer de viver. "Pela literatura, igualdade, fraternidade, justiça, dignidade e honra do ser humano sempre" é o seu lema.

"O Deserto Interior"
O Deserto Interior
Tragédia
A noite densa na vida de Philip
O livro
Vinte dias depois
A experiência de Philip
A descida
A viagem

Tragédia

Era uma vez uma família simples de classe média residente na zona Rural do município de Arcoverde com sobrenome Andrade Correia. A família era formada por cinco pessoas: Philip Andrews, o pai, Angélica, a mãe, Samanta, Constantina e Bartolomeu, os filhos. Por um longo tempo viveram em paz.

Philip era a categoria de pai distante, muito ligado ao trabalho, que geralmente só nos finais de semana prestava mais atenção na esposa e filhos. Era pouco, mas ninguém reclamava, pois, era um mal necessário.

Tudo ia transcorrendo na normalidade até o dia fatal. Foi exatamente no fim de ano, época de recesso escolar quando a família inteira se reuniu, arrumou as malas, acomodaram-se no automóvel e partiu para o litoral com o objetivo de passar o final de semana longe da monotonia do dia a dia.

Inicialmente, nada de anormal aconteceu. Foram ultrapassando as barreiras da movimentada Rodovia BR 232 e chegando próximo a Caruaru, no final de uma curva, foram surpresos por outro automóvel que vinham em sua direção. Resultado: Colisão frontal, com os carros saindo da pista principal.

O socorro chegou rápido, todos foram encaminhados ao hospital da capital do agreste com a ajuda dos bombeiros sendo atendidos em estado de urgência ao chegarem lá. Foram efetuados os esforços iniciais para o restabelecimento da saúde dos mesmos e alguns tiveram que ser encaminhados à unidade de tratamento intensivo.

No hospital, passaram-se dois dias e infelizmente o acidente deixara como resultado fatalidades: quatro da Família Correia e outro da Família Gouveia, ocupantes do outro veículo. Da primeira, o único que restara fora Philip. Ele ainda não sabia, pois, seu estado de saúde requeria cuidados.

Passou-se mais um tempo, as feridas foram cicatrizando, e quando os médicos perceberam que ele já se encontrava bem lhe comunicaram a má notícia de que o mesmo perdera toda sua família no trágico acidente. A reação oscilou do espanto inicial à revolta. E agora? O que faria?

A primeira coisa que fez colaborou de todas as formas para uma recuperação mais rápida. O objetivo era se afastar o mais rápido daquele lugar triste e macabro que era o hospital.

Com uma semana de esforços, foi finalmente liberado e a primeira coisa que fez telefonou para um táxi. Esperou mais quinze minutos até a condução chegar, um carro azul e ao embarcar no mesmo cumprimentou o motorista e indicou o lugar de destino: A rodoviária. Ao seu sinal, o carro imediatamente partiu e enfrentando um tráfego intenso chegaram a quinze minutos até o local desejado. Philip pagou a passagem, despediu-se e desceu. Dirigiu-se até o guichê do estabelecimento onde foi informado que o próximo ônibus para Arcoverde chegava em uma hora. De modo a passar o tempo, atravessou a avenida, tomou suco com pão de queijo na lanchonete e ainda teve tempo de passar numa pequena livraria onde comprou suas revistas preferidas. Após, atravessou a avenida em sentido contrário e voltou à rodoviária. Comprou a passagem e esperou mais um pouco.

Chegando o ônibus com destino à sua querida Arcoverde, ele não perdeu tempo, entrando de imediato escolhendo uma das poltronas da frente. Espera mais um pouco e então é finalmente dada a partida.

Iniciava-se assim a viagem de volta. Durante o trajeto longo, teve tempo de refletir sobre o estado atual, puxou conversa com o vizinho de poltrona e aproveitou para ler que revistas comprara. Quando se sentiu cansado, tomou um cochilo.

Três horas depois, acordou com os solavancos do carro e percebeu estar próximo de sua terra, a querida Arcoverde de tantas histórias. Instantes depois, ele segura a mala, bate na cabine do motorista e pede parada. O motorista obedece, o ônibus para e finalmente ele desce, rumo ao seu sítio (quinze metros), próximo ao povoado de Caraíbas. Segurando o que restara das malas, demora mais quinze minutos até a sua casa e ao chegar, cai exausto na cama. Tentaria dormir para aliviar sua mente conturbada e só se levantaria no outro dia para dar um destino à sua pobre vida.

A noite densa na vida de Philip

Amanhece. Philip acorda, toma banho, troca de roupa, prepara e come o desjejum (pão com ovos), escova os dentes e parte para a cidade onde ia exercer sua função pública. Seu cargo era auditor fiscal da fazenda do estado, de alta hierarquia e remuneração, fruto dos seus esforços de concurseiro.

Em Vinte minutos de viagem, usando o seu carro próprio, já chega ao local do trabalho, a sede da secretaria de fazenda do estado em Arcoverde, um prédio amplo de dois andares. Após ultrapassar o portão de entrada, passa por um corredor e mais uma porta e então tem acesso ao vão principal onde se localizam os grupos de trabalho. Gentilmente, cumprimenta seus colegas sendo consolado pelo fato da tragédia. Agradece e inicia a labuta. Passa cerca de oito horas no local e em trabalhos externos com companheiros e nesta volta nenhuma anormalidade ocorreu. Ao concluir suas tarefas, despede-se, faz o mesmo percurso em sentido contrário, ultrapassa o portão de entrada e saída, e dirige-se para o carro que está estacionado na rua vizinha. Ao chegar, acomodasse no seu assento, liga a ignição e parte passando para resolver algumas pendências no comércio para só então ir embora. Pega a avenida principal do centro, dirige-se ao bairro boa vista e alguns instantes depois têm acesso à rodovia BR 232.

Com velocidade moderada, demora apenas quinze minutos para chegar em casa. Guarda o carro na garagem, aproxima-se da porta, usa a chave para abri-la e já na casa dirige-se a cozinha e chegando no local retira da geladeira o almoço já pronto! Esquenta no fogão o alimento e alimenta-se com certa pressa tamanha é a sua fome. Ao término do almoço cuidará de atividades domésticas e do sítio no restante do dia. Logo cedo, resolve dormir.

Nos outros dias seguintes, repete-se a rotina Apesar de ser completamente normal, sua vida mudara de ponta a cabeça após a tragédia. Vivia apenas do trabalho para casa, se afastara dos amigos, da religiosidade e de si mesmo. Enfim, não acreditava mais em nada.

Psicologicamente, Philip estava arrasado, afundado num deserto sem fim. A todo o momento, perguntava-se: que pecado cometera para cair em tal desgraça? Por que Deus não poupara sua família? O que faria da sua vida agora que estava só? Havia possibilidades de recuperação?

Por mais que o tempo passasse, não encontrava solução para seus problemas e a solidão que batia em seu peito cada vez mais forte. Estava vivendo uma noite bastante densa onde só havia desespero.

Avante, guerreiro, não desista!

O livro

O tempo avança mais um pouco e a situação mental de Philip é a mesma: não conseguia conformar-se com as mudanças drásticas na sua vida. Mesmo consciente de que nada poderia mudar, o seu inconsciente era incontrolável e falava mais alto. Fazia parte de sua personalidade e estava intrinsecamente ligado às influências do seu Maktub.

Foi aí que algo interessante e inusitado ocorreu: na data que completara seis meses da tragédia, fuçando na internet após o jantar encontrou um site de uma editora e um livro que realmente chamou muita sua atenção por tratar especificamente dum tema em que se enquadrava um pouco a vida desértica de sentimentos e esperanças que vivia no atual momento. O título era "A noite escura da alma" e o autor se chamava Aldivan Torres. Instigado, resolveu comprar o livro, fazendo o cadastro no site. Após todos os procedimentos, imprimiu o boleto, pois seria uma boa oportunidade de aprender e viajar um pouco enriquecendo o seu conhecimento e quem sabe ajudá-lo a despertar um pouco Era esta a aposta.

Continuou mais um pouco navegando na internet, entre redes sociais, site de notícias, futebol, conversa em salas de conversação, jogos, ouvindo música e pesquisando um pouco para ajudar em seu dia a dia, em sua profissão. No entanto, mesmo quando terminou a sessão de navegação, a questão do livro não saia de sua cabeça.

Cansado do dia que fora realmente corrido, dirigiu-se ao quarto para dormir. Aproximou-se da cama e antes de deitar, lembrou-se do boleto que imprimira. Guardou-o em sua bolsa com intuito de não esquecer de pagá-lo no outro dia. Após o ato, finalmente relaxou.

A noite se seguiu, a madrugada chegou e próximo das seis horas da manhã, Philip finalmente acordou. Como sempre, levantou rápido, espreguiçou-se, foi ao banheiro, tomou banho, voltou ao quarto, vestiu roupas limpas e um sapato de camurça marrom que comprara, dirigiu-se à cozinha e ao chegar lá, junto ao fogão, estralou ovos com toucinho fumado, recheou o pão acrescentando requeijão. Depois, comeu algumas frutas e deu-se por satisfeito.

Escovou os dentes, lavou o rosto, foi ao banheiro defecar e ao término do ato, aproximou-se da pia da cozinha e lavou as mãos. Como era vaidoso, foi ao quarto e junto ao espelho do seu guarda-roupa enorme, cuidou dos últimos detalhes, que incluía o tratamento do rosto com cremes, uso de perfume fino com fragrância de rosas, e por último pentear o cabelo que estava um pouco assanhado.

Pronto! Agora podia ir à garagem, pegar o seu carro possante e dirigir-se ao trabalho na sua querida Arcoverde. Apesar do seu descontentamento com a vida, sempre fora responsável com seus compromissos e afinal trabalhar não era uma escolha e sim uma questão de necessidade.

Enfrentando o trânsito normal na pista da BR 232 e na área urbana da cidade chega finalmente ao trabalho após quinze minutos de esforço. Com muita educação, adentra na instituição e deseja um bom dia a todos os colegas de trabalho. Nem todos são recíprocos, mas isto não importa. Já fez sua parte.

Começa com seu trabalho burocrático e quando solicitado, sai com a equipe. Com muito profissionalismo e competência, se destaca na multidão. Estava de parabéns pela sua integridade e honra sempre postos à prova.

Ao final das oito horas, bate o ponto e vai embora. Como de costume tratará de outras pendências pessoais em bancos, financeiras, casas lotéricas, lojas, etc. Paga o boleto referente ao livro e então finalmente vai para casa.

Desta feita, encontra um trânsito congestionado, mas mesmo assim chega a tempo em casa para cuidar das pendências domésticas e do sítio. Agora estava só e absolutamente tudo estava nas costas dele.

À noite, ainda tem tempo de acessar a internet e verifica a confirmação de pagamento do livro no site. Agora só restava esperar e descobrir o que Aldivan Teixeira Torres, o vidente, queria repassar com o mesmo.

Enquanto sonhava com a chegada do livro, dormiu próximo das 23:00 Horas. Mais um dia cumprido em meio a uma solidão e incompreensão profundas.

Vinte dias depois

Passa-se um pouco de tempo na normalidade na vida solitária de Philip entre trabalho, atividades sociais, vida doméstica, fins de semana e lazer. Completando-se exatamente seis meses e vinte dias após a tragédia, vindo do trabalho, é notificado por vizinhos de que há algo para ele esperando ser retirado nos correios da Vila de Caraíbas.

Imediatamente, verá que se trata saindo a pé do seu sítio. No trajeto curto, atravessa a rodovia, e sobe no caminho de (Um quilômetro e meio cheio de curvas) que o separa do aglomerado urbano citado.

No caminho, além de encontrar vários conhecidos e cumprimentá-lo, tem a oportunidade de refletir, analisar e ponderar sobre as possibilidades. O que será que o esperava nos correios? Seria uma carta de parentes distantes do Sul que há algum tempo não tinha notícias? Uma cobrança? Ou até mesmo uma inesperada declaração de amor? Estas e outras hipóteses preenchiam sua mente naquele momento.

Chega! Diz Philip interiormente. Reunindo uma força nunca dantes vista, recupera a tranquilidade perdida e limpa sua mente perturbada.

Resolve apressar o passo, atravessa a última curva e já se aproxima das primeiras casas. Sua ansiedade estava prestes a acabar.

Com mais trezentos metros percorridos, entra na rua principal, dobra a direita e ultrapassando cerca de cinco casas, chega ao prédio em que funcionava os correios. Cheio de educação, pede licença ao adentrar no recinto e entra em contato com o funcionário responsável, chamado Xavier, Um ancião de cerca de 60 anos, branco, barba por fazer, barrigudo, costas largas, cabelos pretos escorridos, faces enrugadas, braços grossos e firmes, olhos verdes, postura ereta, vestindo camisa de algodão amarela, óculos de sol escuros, boné, relógio prendado, calças jeans, cinto de couro, sapato social preto e cueca marrom que se mostrava um pouco, o mesmo muito conhecido na região. O diálogo é então iniciado:

"Boa tarde, Xavier, tem alguma correspondência para mim?

"Boa tarde, Philip. Tem uma encomenda de São Paulo, enviada por uma editora. É um livro?

"É um livro sim. Vejamos.

Philip se aproxima mais, assina em duas vias um formulário, pega o pacote e começa a desembrulhá-lo. Apesar da pouca habilidade, perde pouco tempo na operação. Retirado todo o papel que envolve a mercadoria, faz uma análise rápida do produto e apresenta ao interessado.

"Este livro de título" A noite escura da alma" me interessou muito. Pelo que a sinopse apresenta fala um pouco do período em que nos desligamos de Deus, vivendo no pecado e ensina as formas de recuperação. Quero aprender com ele e quem sabe superar meu mau momento. (Philip)

"Entendo. Muito interessante mesmo. Qual é o autor?

"Aldivan Teixeira Torres, vulgo vidente ou filho de Deus.

"Posso dar uma olhada?

"Pode. Á vontade.

Philip entregou o livro á Xavier que o examinou rapidamente. Ao final devolveu e comentou:

"Ótima a escolha. Pretendo também comprar. Como posso adquiri-lo?

"Pela internet, no site da editora que você viu. Faz-se um cadastro e imprimiu-se um boleto. Vale a pena!

"Entendi. Obrigado.

"De nada. Agora tenho que ir.

"Até mais.

"Até.

Tranquilamente, Philip deixou as dependências dos correios e retornou pelo mesmo caminho. Enfrentando um pouco de sol e poeira, ultrapassou os mesmos obstáculos de antes. Com trinta minutos de esforços, cumpre o trajeto total, adentra em casa, passa pela sala e corredor e chega ao quarto.

Senta numa cadeira junto a uma mesinha e com paciência começa a folhear o livro com mais de trezentas páginas. Durante duas horas, tem a oportunidade de viajar um pouco e sair da dura rotina e solidão que a vida lhe impunha. Gosta muito e ao final o guarda e promete a si mesmo retomar a leitura no outro dia no mesmo horário.

Após, prepara sua janta, se alimenta, vai assistir televisão, escuta música, navega um pouco na internet e quando cansa, finalmente vai dormir. Os próximos dias prometiam.

A experiência de Philip

Passa-se mais uma semana com Philip cumprindo todas as suas obrigações que envolviam o trabalho no setor público, no sítio, afazeres domésticos, relacionamentos profissionais e pessoais além de atividades de lazer. Sua vida era mesmo agitada e solitária desde que perdera na tragédia seus entes queridos.

Com a chegada do fim de semana, teve mais tempo para concluir os trabalhos pendentes e concluir a leitura do livro que cada vez mais o instigava. No domingo chegou ao término e concluiu que valera muito a pena comprá-lo Com o mesmo, aprendera um pouco da dualidade luz" Trevas, sobre os pecados capitais, da parte densa da noite escura, lutas, fracassos e conquistas dos personagens principais, o valor do perdão e a possibilidade de recuperação, e ficou especialmente admirado com a sensibilidade do autor. Como queria conhecê-lo e aprender com ele!

Manuseia o livro com mais cuidado e numa das notas adquire o contato de Renato, companheiro de aventuras do autor do livro. Sem pensar muito, decide interiormente procurá-lo, pois não era tão longe a Serra do Ororubá em Mimoso. O objetivo era pedir ajuda, conhecer o vidente e quem sabe livrar-se dos pesos que carregava desde sempre e que se agravaram com a tragédia ocorrida.

Estava decidido! Liga para o seu chefe, avisa que vai viajar e que não sabe quando volta. Como resposta, tem toda sua compreensão sendo liberado por quinze dias. Após, imediatamente começa a arrumar sua mala colocando dentro dela calças, calções, cuecas, sandálias, sapatos, camisas, meias, bonés, óculos de sol, relógio, objetos de higiene pessoal e seu inseparável álbum de fotografias. Ao término, cuida dos outros detalhes, avisa aos vizinhos que vai sair e pede que olhem um pouco o seu sítio na sua ausência, fecha a casa e a garagem e vai para a beira da rodovia Br 232 de modo a pegar a primeira lotação rumo a Pesqueira.

Como morava perto, rapidamente chega no ponto, espera cerca de quarenta minutos e finalmente consegue condução. Daí até mimoso são apenas oito minutos e gentilmente o motorista a deixa no centro, próximo à praça da vila. Desce, paga a passagem, agradece e se despede. Começa a caminhar.

Quando se aproxima da primeira pessoa, pede orientação de como chegar à serra do Ororubá, especificamente na casa de Renato. Cordialmente, o jovem que aborda chamado Bernardo dá todas as informações necessárias para o primeiro e até se oferece para acompanhá-lo. Não querendo abusar de sua boa vontade, Philip a dispensa, aperta suas mãos e agradece efusivamente. Preferia ir sozinho.

Seguindo suas orientações, segue alguns metros, dobra a direita, atravessa a ponte do canal, caminha mais um pouco, adentrando num terreno particular. Já avista a famosa serra que muitos consideravam sagrada. Agora era só seguir até ao sopé e subir as suas íngremes veredas.

Em quinze minutos, chega ao sopé e como não estava acostumado faz uma parada. No momento, a expectativa, a ansiedade e a inquietação tomavam proporções gigantescas com ele distraído a todo o momento envolto em perguntas. Algumas delas eram: O que o esperava? Como seria o Renato real? E a guardiã? Realmente existia? Estas e outras questões só seriam sanadas com o tempo e não adiantava ficar se martirizando.

Decide então retomar a caminhada. Começa a subir as ladeiras perigosas e a cada passo dado se sente mais determinado e preparado para tudo. Rumo ao futuro! Pensa ele. Embora as suas possibilidades de encontrar-se fossem diminutas, seria interessante uma experiência com Renato e o autor do livro "A noite escura da alma".

Um pouco mais adiante, completa um terço da subida, para novamente por cinco minutos, retornando logo a caminhar com mais vigor. Neste instante, tudo começava a pesar um pouco mais, inclusive a mala o que exigia dele um esforço maior. Em frente sempre! Repete ele mentalmente com o intuito de se animar. A estratégia dá certo, pois pelo menos se sente psicologicamente mais calmo. Avança mais.

Exatamente dez minutos depois, completa a metade do trajeto. Apesar do cansaço que se refletia no suor derramado pelo seu corpo ele não desanima, mantendo um ritmo aceitável. Continua caminhando, ultrapassando pedras, poeiras, espinhos, enfrentando o sol, a descrença, e correndo contra o tempo. E como ele corria!

Dez passos adiante sente a força poderosa da montanha, suas vozes, atuarem contra si. Inspirado na experiência do vidente, faz algo com facilidade esta etapa, comemora sua vitória e continua no percurso. Em dado instante, volta-se para trás, e observa a aglomeração urbana de Mimoso no fundo do vale. Como era linda a paisagem! Estava explicado a força, o patriotismo e a paixão da dupla da série "O vidente" a mais interessante que conhecera na literatura e que ainda prometia muito.

Philip continua caminhando, alguns minutos depois entram na curva perigosa do S, e apesar do nervosismo comum aos que andavam por ali, a supera. Pronto! Agora restavam apenas cem metros para alcançar o topo maravilhoso da Serra do Ororubá. O destino estava prestes a se revelar.

O trajeto restante se conclui em apenas cinco minutos e antes de dar o último passo, o viajante força uma última parada. Estava se sentindo como um jogador de futebol prestes a cobrar um pênalti ou uma mulher prestes a entrar em trabalho de parto após nove meses de espera. Eu explico: sua vida fora uma grande roda gigante, fora filho de um pedreiro e de uma empregada doméstica e com muito esforço concluíra o ensino básico. Trabalhara no comércio cerca de dez horas por dia sem desanimar. Cinco meses depois, conhecera Angélica, se apaixonara, e em dois anos noivaram e casaram. Com a ajuda dela que era abastada, saíra do comércio, cursara uma faculdade, dedicara-se a concursos e como era competente passara em vários até chegar ao cargo atual, auditor da fazenda do estado. Com a consolidação no emprego comprara um sítio na zona rural da cidade e mudara-se com a esposa para lá, pois o que gostava era de ar puro e tranquilidade. Frutos do casamento surgiram três filhos. Tudo parecia estar muito bem até o dia da tragédia. Descera do céu ao inferno, perdera completamente sua fé, revoltara-se e no momento encontrava-se sem destino.

Agora estava ali, após descobrir o mundo maravilhoso dum ser chamado Aldivan Teixeira Torres, autor da série o vidente, que prometia recuperação aos casos mais difíceis. Foi isto que o motivara a superar seus limites e acreditava que Renato, seu parceiro, poderia ajudá-lo em sua trajetória pelo menos fazendo a função de seta. Bem, era pelo menos o que esperava.

A expectativa aumenta. Philip finalmente faz um movimento e ao encostar o pé na montanha, à terra treme, o tempo fica nublado, sente calafrios, e uma nuvem de fumaça encobre todo o topo. De dentro da nuvem, surge uma anciã misteriosa que se aproxima. A cada passo dela, o nervosismo aumenta. Quem seria e o que desejava?

Estava prestes a descobrir. Chegando bem perto, a estranha trata de se apresentar e iniciar o diálogo:

"Bom dia, Philip, sou o espírito da terra que habita esta montanha sagrada. Pode chamar-me guardiã. Em que posso ajudá-lo?

Philip ficou estático. Quer dizer estar diante da sábia Abigail da montanha, a primeira mentora do vidente? Não podia acreditar que fosse verdade. Reunindo uma força nunca dantes vista, ele consegue se comunicar.

"Guardiã? Você existe mesmo? Como me conhece?"

"Calma. Eu entendo seu espanto. Sou eu mesmo. Vivo há séculos neste lugar e sou detentora de muitos mistérios. O que deseja?

"Quero conversar com Renato, seu filho adotivo. Quem sabe ele não possa me ajudar na resolução de alguns problemas.

"Claro, tudo é possível. Acompanhe-me e fique à vontade.

Philip obedece à guardiã e ambos começam a caminhar no misterioso topo da montanha rumo à residência da última. O que o destino aprontava para aquele corajoso viajante? Continuemos acompanhando.

Após vinte minutos em ritmo rápido, ultrapassando os obstáculos naturais da mata e virando-se de um lado para outro, finalmente chegam ao humilde casebre coberto de palha. Como boa anfitriã, a guardiã o convida a entrar, ele aceita, e juntos adentram na casa. No vão único, encontram Renato sentado no centro junto a uma mesinha e a estranha senhora se adianta fazendo as apresentações.

"Renato, este é o Senhor Philip, um viajante que deseja falar com você.

Renato se levanta, se aproxima mais e cumprimenta o viajante.

"Prazer, Renato. O que deseja especificamente?

"Sou um leitor da série o vidente que no momento enfrenta sérios problemas. Poderia me ajudar?

"Pode ser. O que lhe aflige?

"Obrigado. Contarei resumidamente um pouco da minha história. Meu nome é Philip Andrews, alguém em busca da essência e da verdade. Desde o meu nascimento, por ser de origem humilde, enfrento preconceitos e muitas dificuldades profissionais. No entanto, sempre pensei ser possível vencer e por isto persisti lutando por meus sonhos. Neste caminho árduo, trabalhei no comércio, encontrei o amor, saí da pobreza, noivei, casei, tive filhos, fiz faculdade e hoje sou um funcionário de alta hierarquia. Contudo, uma tragédia me persegue e desde então não tenho mais paz.

"Que tragédia?

"A perca de toda minha família num acidente.

Lágrimas escorrem pelo rosto sofrido e já enrugado do seu Philip. Ali, estava um exemplo de sofrimento e luta constantes. Renato se comove e indeciso consulta sua mãe de coração.

"O que acha, mãe?

"O caso dele é bem complicado. O coração dele ainda está cheio de amargura e revolta por não se conformar com seu próprio Maktub. Sente-se injustiçado por Deus e pelo destino. (guardiã)

"E como esperavam que eu ficasse? Minha esposa e filhos eram pessoas boas que mereciam uma sorte melhor. O que eles fizeram de mal para merecer isto? Eu sempre fui um seguidor das leis de Deus e merecia pelo menos uma proteção à altura para mim e minha família.

"Calma, Philip. Não se sinta assim. Tem coisas que não tem explicação. (Renato)

"Você não pode julgar a Deus nem o questionar, pois está muito acima de você. Como pode o vaso de barro enfrentar o oleiro? (Guardiã)

"Eu sei. Só queria entender o porquê de tudo isto na minha vida. (Philip)

"Aonde quer chegar realmente? (Pergunta Renato)

"Sabe, tive o prazer de ler o livro" A noite escura da alma", aprendi um pouco sobre as trevas, as possibilidades de recuperação, sobre os pecados capitais, em relação à noite mais escura e ao terminar de lê-lo suscitou em mim o desejo de tentar, de recomeçar com a mente mais calma e limpa. Quero entender um pouco de Deus, do meu destino, como retomar a felicidade e vencer novamente. Acham isto possível?

"Meu amigo, com minha larga experiência alcançada em minhas andanças com o vidente, posso dizer que tudo é possível. Só não sei em que ponto parti, pois, também tenho minhas dúvidas além do desejo de também conhecer a Deus. (Confessa Renato)

"Posso dar minha opinião? (Intrometeu-se a guardiã)

"Claro. (Renato e Philip)

"Procurem o filho de Deus, ele é o único iluminado da Terra que pode achar uma saída neste caso. (Respondeu ela)

"Ótima ideia. O que acha, Philip? (Renato)

"Aprovado também. Meu sonho é conhecê-lo pessoalmente. (Ele reforçou)

"Muito bem! Espere só um instante que vou arrumar minhas malas por precaução. Provavelmente, estamos diante do início de uma nova saga que promete muito. (Renato)

"Está bem. (Philip)

Renato foi cuidar das malas e dos últimos detalhes para a partida. O que aconteceria? Mais uma aventura instigante se desenhava nas entrelinhas.

A descida

Com tudo pronto, Renato despediu-se da sua mãe adotiva e com Philip saíram do casebre. Com mais alguns passos, pegam a vereda mais curta que os levaria até o destino. No momento, o silêncio impera entre os dois alimentandos as dúvidas de ambos que provavelmente seriam sanadas no encontro prometido.

E a grande travessia se inicia... com os dois vivendo momentos completamente diferentes. Enquanto um, era adolescente e por natureza entusiasmado por aventuras, o outro, era um homem feito, com cerca de quarenta anos, disposto a aprender, resgatar valores e encontrar um Deus que confessava não conhecer nem entender. O que os ligava era a sede de conhecimento e a empatia mútuas.

Mais adiante, já ultrapassam a grande pedra e iniciam a descida. Caminham mais cem metros e a pedido do visitante fazem uma parada para se reidratar. Renato aproveita o momento e inicia uma conversa:

"Você é de onde mesmo?

"Sítio quinze metros, próximo a Arcoverde, conhece?

"Conheço sim. Já fui várias vezes em Arcoverde e passo por lá. Gosto muito.

"Também gostei daqui. Este vale é muito lindo com Mimoso ao fundo. Entendo a inspiração sua e do seu companheiro nos livros.

"Obrigado. Nossa região é especial em cada canto. E da montanha, gostou?

"Inspirou-me muito e agora estou mais convicto do que quero. Adiante sempre!

"Muito bem, meu amigo, que bom. É o primeiro passo para o sucesso e a paz desejadas. Qualquer coisa, estamos aqui.

"Muito obrigado. Podemos continuar?

"Claro que sim.

Os dois retomaram a caminhada. Mantendo um ritmo regular, desceram a íngreme serra, entre curvas e saudades na estreita vereda. Em quinze minutos, chegam no Juazeiro imponente já no terreno plano. Param mais uma vez. Gentilmente, Philip cede um pouco de água e comida a Renato que esquecera do seu cantil. Restabelecidas as forças, voltaram a caminhar os últimos trezentos metros com a imponente aglomeração do Mimoso bem perto. Agora faltava pouco.

No percurso restante, entre conversas e brincadeiras, vão ultrapassando as últimas barreiras que se apresentam. O momento é de construção e parece que os dois perceberam isto, pois não perdem uma oportunidade. Rumo ao futuro e ao sucesso!

O trajeto é concluído. Diante do bangalô quase destruído pelo tempo, batem palmas e de dentro dele surge um jovem normal, magro, altura média, cabelos pretos, cor moreno-claro, esbelto com feições que se destacam. Aparentando surpresa, o mesmo se comunica.

"Renato, você por aqui? Como vai? E você? Qual o seu nome?

"Oi, tudo bom? Vim numa missão importante. Este é Philip, um dos seus leitores.

O vidente sorriu e aproximando-se mais educadamente cumprimentou os dois.

"Tudo bem. Sejam bem vindos. Prazer, Philip, pode me chamar vidente, filho de Deus ou de Aldivan mesmo.

"O prazer é todo meu. Sou seu fã desde sempre.

Philip, ainda sem acreditar, lhe deu um forte abraço duradouro. A emoção tomou conta dos presentes e o abraço terminou sendo triplo. Eram como se fossem os três mosqueteiros, um por todos e todos por um mesmo sem ter ainda consciência disso.

Findo o abraço, se afastaram um pouco e o vidente tomou a palavra:

"Desculpem o mau jeito. Entre, por favor.

Os dois aceitam o convite e juntos adentram na casa. Ultrapassam a entrada, percebem que está vazia, vão à sala de estar, elogiam os móveis e a decoração, o anfitrião agradece, e finalmente sentam nos assentos da poltrona, ficando frente a frente. Curioso por natureza, o vidente não se conteve e retoma a conversa:

"O que os trouxe aqui?

"Vimos pedir sua orientação e ajuda. Philip me procurou, falou dos seus problemas angustiantes e por sugestão da minha mãe viemos procurá-lo. (Explicou Renato)

"Entendi. O que lhe aflige, Philip? (O filho de Deus)

"Perdi toda minha família num acidente trágico. Agora quero entender o porquê disto, encontrar a Deus, reorganizar um pouco a minha história. (Respondeu ele)

"Interessante. Você julga que consigo ajudá-lo? (O vidente)

"Creio que sim. Pelo seu carisma e talento, você é capaz. (Philip)

O vidente se emociona, analisa friamente a situação e decide ajudar aquele pobre homem sofredor, pois aprendera nos seus piores momentos o valor de um apoio e de alguém que acredite em si mesmo. A sorte estava lançada!

"Muito bem! Aceito o desafio. O que sugere Renato? (vidente)

"Não tenho ideia. (Respondeu o menino sem reação)

"Como se sente, Philip? (O filho de Deus)

"Totalmente destruído, revoltado e sem fé e esperanças. Vivo uma noite densa. (Philip)

"Uma existência quase desértica. (Concluiu Renato)

"É isto! (Gritou o vidente)

"O que foi? (Philip)

"Que tal se irmos ao deserto e tentar encontrar a Deus? (Vidente)

"Ótima ideia. (Elogiou Renato)

"Onde seria? (indagou Philip)

"Ouvi falar de um lugar extremamente inóspito no município de Cabrobó, sertão de Pernambuco. O povoado se chama Travessia do deserto e de lá poderíamos partir para a nossa aventura, o gigante deserto da cidade. O que acham? (Aldivan)

"Por mim, estou pronto. O que acha, Philip? (Renato)

"Eu também estou. O que estamos esperando? (Philip)

"Bom, vou ligar para meus familiares e avisar que estou de saída. Além disso, tenho que preparar as malas. Podem me ajudar? (Vidente)

"Sim. (os dois)

Os três se dirigiram ao quarto e juntos começam a arrumar a mala do vidente. Enquanto cuidam dos detalhes, aproveitam para melhorar o entrosamento da equipe. O clima no momento é agradável apesar do grande desafio que se apresenta.

Vinte minutos depois, terminam as malas, deixam o recado, fecham a casa. O vidente deixa as chaves com o vizinho e juntos partem em direção à rodovia BR 232. Começava aí mais uma saga da série o vidente que já conquistara o coração de muitos. Em frente, sempre!

A viagem

Durante o caminho até a rodovia os viajantes se distraem conversando entre si, admirando a paisagem que se encontrava ainda verde, pois estávamos no mês de setembro do corrente ano de 2014.

A região de Mimoso era mesmo linda. Porém, eles tinham consciência de que o mundo não se restringia só ali e as aventuras lhe davam as condições de conhecer os mais variados lugares do imenso país que habitavam. E isto era ótimo. A cada nova experiência, aumentava a sua sede de conhecimento e ampliava sua cultura que também era influenciada por cada pessoa que encontravam no caminho. Em frente sempre, pela literatura e pelo prazer! Era um dos lemas da equipe.

Com este pensamento em mente, concluem o trajeto de cerca de um quilômetro sem maiores problemas ou surpresas. Chegam na beira da pista e iriam pegar a primeira autolotação rumo à rodoviária da cidade vizinha, Arcoverde. De lá, pegariam um ônibus para o destino, Cabrobó. Enquanto esperam, aproveitam o tempo para escutar a boa e animada música brasileira no rádio de pilha que Renato não esquecera de levar. A música ajuda no relaxamento de todos.

Uma hora depois, finalmente uma autolotação passa: um carro cor de prata, largo e espaçoso. Os três adentram na mesma e por sorte tem vagas para todos ficarem sentados, ficam um ao lado do outro. No trajeto curto, aproveitam para serem simpáticos, conhecem novas pessoas e mantêm um bom bate-papo envolvendo motorista e demais passageiros. Com isto, o tempo parece passar bem rápido.

Quando menos esperam, já chegam na cidade. Como a rodoviária ficava bem distante do centro (Bairro São Cristóvão) tem que esperar a entrega dos passageiros em cada um dos pontos até chegar a vez deles. No momento em que isto se concretiza, se despedem, pagam a passagem e agradecem ao condutor. Agora se iniciava a segunda parte da viagem, bem mais longa e estressante.

Philip e o vidente vão se informar sobre os horários dos ônibus para Cabrobó enquanto Renato espera sentando nos bancos. O atendente informa aos dois que o próximo sai em duas horas. No reencontro com Renato, decidem conjuntamente sair um pouco, procurar um restaurante e fazer um lanche reforçado.

E assim fazem. Saem da rodoviária, atravessam a avenida principal e pedindo orientação a algumas pessoas chegam a um restaurante chamado pôr-do-sol localizado a uma quadra a esquerda dali. Ao adentrar no estabelecimento, são direcionados a uma mesa com cadeiras que ainda estava vazia sendo fornecido um cardápio para poderem avaliar o que pedir.

Ficam cerca de quinze minutos neste exercício e acabam, por maioria dos votos, escolhendo macaxeira cozida com charque. Chamam o garçom, repassam o pedido e enquanto esperam a conversa se inicia.

"Muito ansioso com a sua primeira viagem de aventuras, Philip? (indaga o vidente)

"Muito mesmo. Sabe, em minha vida inteira nunca aconteceu coisa igual e depois que li o seu livro sonhava com este momento. (Philip)

"Eu entendo perfeitamente. Na minha primeira vez, também me senti assim. (constatou Renato)

"A primeira vez sempre é especial, a melhor de todas. Depois, fica-se viciado como eu. Não consigo viver parado, tanto nas esferas espiritual e corporal. (O vidente)

"Maravilha. Se achar pelo menos uma solução para o meu problema já me dou por satisfeito. Tenho que entender que já tenho certa idade. (observou Philip)

"E você se considera velho? Qual a sua idade? (O vidente)

"Em torno de quarenta anos, mas sofri tanto na vida que pareço ter cinquenta anos. (Philip)

"Muito jovem. Com os avanços da medicina, está praticamente na metade da vida. (vidente)

"Além do que a idade é algo que está em nossas cabeças. Por exemplo, tenho quinze anos real e uns trinta anos mentais. (explicou Renato)

"Brilhante, companheiro! Está vendo, Philip? Não se preocupe com isso. (vidente)

"Obrigado pela força dos dois. Aliviou um pouco a minha dor. (Philip)

"Philip se emociona por encontrar dois personagens tão legais e distintos". "Tivera muita sorte mesmo". Quantos milhões não sonhavam em estar frente a frente com o vidente super poderoso dos livros e que polemicamente se declarava "O filho de Deus"? E quantos outros não queriam estar junto de Renato, símbolo de superação, que fora fundamental em todas as aventuras da série? Além de ter tido conhecido a miraculosa guardiã? Ainda bem que arriscara, procurara seu destino no momento certo e que os dois compraram sua causa.

Lágrimas continuam a rolar do seu rosto, o vidente e Renato se preocupam, o confortando com um abraço. Juntos os três se tranquilizam. Alguns instantes depois, finalmente o rango fica pronto e é delicadamente servido nos pratos de cada um.

Começa uma pausa para o lanche reforçado e todos educadamente começam a alimentar-se em silêncio. Neste ínterim, pessoas saem e entram no restaurante, uma música ao fundo começa a ser tocada o que toca ainda mais os corações sensíveis dos três incitando a comunicação novamente.

"Gosta de Música popular brasileira, filho de Deus? (pergunta Philip)

"Gosto. Tenho um gosto eclético para música: gosto de música que tenha letra, qualidade e toque ao fundo do coração. Especificamente, amo música internacional com seus principais expoentes (apesar de não entender), sertanejo, pop, 'rock', funk, romântico, country, axé, etc. (O vidente)

"E você Renato? (Philip)

"Gosto de música sem vergonha. (em risos, Renato)

"Como assim? (em ataque de risos, Philip)

"Letras com duplo sentido, palavrões e ousadas. Mexem muito com a minha imaginação! (Renato)

"Tem vergonha, Renato! Vai rezar que é melhor. (vidente)

"Não me provoque. Você pode ser o filho de Deus, mas ainda não é santo. Não me force a falar. (diz Renato, irado)

"Chantagista. Paz, Renato! (vidente)

"Vocês dois são umas figuras? Realmente na música há gosto para tudo e todos os estilos têm que ser respeitados. Eu, particularmente, sou dos antigos e gosto mais da minha música nordestina como todo bom sertanejo. Quando estava com minha falecida amada Angélica, curtimos vários momentos felizes junto ouvindo esta categoria de música. Sabem, é muito mágico, inexplicável. (Philip)

"Eu entendo. Amo também a música e ela me desperta também muitos sentimentos distintos. Na verdade, escuto música a todo o momento, pois me faz muito bem. (o vidente)

"Como esta que está tocando agora? (Philip)

"Sim, um grande amor impossível. (O vidente)

"Não é bom, companheiro. Já falamos sobre isso. Siga sua vida. (Renato)

"É inevitável, Renato. Há alguém que controle o ímpeto do coração? (o vidente)

"Não o recrimine, Renato. Você não tem idade para isso, mas um dia vai compreender. Precisamos é apoiá-lo. Conte comigo sempre, amigo. (Philip)

O vidente é mais um que se emociona. Para de comer, chora até a música se extinguir. Os colegas o abraçam e ele finalmente se restabelece rapidamente. Terminam de comer, chamam o garçom novamente e desta feita pedem algo para beber: cerveja para Philip, refrigerante para Renato e um suco de goiaba para o vidente.

Ficam a observar o movimento do estabelecimento. Cinco minutos depois, já são servidas as bebidas e então o silêncio se quebra mais uma vez.

"Bem, Philip, fale-nos um pouco mais de você. Como é geralmente sua rotina, o seu dia a dia? (O vidente)

"Atualmente minha vida se resume a trabalho que envolve o setor público, o meu sítio e minha casa. Estou assim desde que perdi o que era mais importante na minha vida, meus filhos e minha mulher. E a de vocês? (Philip)

"A minha vida é agitada. Trabalho também no setor público, seis horas por dia, e ao chegar em casa estudo para concursos e realizo o meu trabalho de escritor. Considero-me caseiro e quando saio a passeio, geralmente nos fins de semana, prefiro fazê-lo acompanhado. (o vidente)

"Minhas atividades giram em torno dos estudos e ajudar a minha mãe em casa. Gosto de sair com amigos nos fins de semana e paquerar. (Renato)

"Além das citadas atividades, quais outras aprecia? (o vidente)

"Gosto de ler e de música. É o meu relaxamento. E vocês? (Philip)

"Muita música, filmes, futebol, leitura só nos fins de semana quando não estou muito ocupado. Algumas coisas que eu queria mudar um dia era ter tempo para praticar exercícios e dança meus pontos fracos. (O vidente)

"No meu caso, dança é o meu forte, pois já participei de vários concursos com minha paquera e ganhei. Estudar também é bom, pois é meu futuro. (Renato)

"Sua paquera? Estou impressionado com a ousadia deste garoto nesta idade seu vidente. (Philip)

"Eu não me impressiono mais. Ele já fez coisas mais deslumbrantes e secretas. Eu sei de tudo! (o vidente)

"Como o quê? (desafia Renato)

"Deixa para lá. Philip, mudando de assunto e se fracassarmos? Quer dizer, se não encontrarmos aquilo que deseja nesta imprevisível viagem? (Questionou o vidente)

"Não acredito. Pelo pouco que conheço de vocês, são vencedores em tudo o que fazem. Estou tranquilo e vamos ver no que vai resultar esta loucura. (Philip)

"Muito bem, Philip. Independentemente do resultado, saiba que estamos contigo para o que der e vier. (Renato)

"Isto. Amigos sempre. (Completou o vidente)

A dupla incrível da série o vidente levantou-se e abraçou o protegido. Formavam assim um trio perfeito pronto para lutar pelo conhecimento e revelação necessários referentes à quarta saga. Mas o que buscavam realmente? Por acaso seria o conhecimento de Deus, das suas linhas escritas a todo o momento que influenciavam às duas categorias de destino? Ou quem sabe apenas um autoconhecimento próprio que curasse as feridas abertas pela vida? Ou até mesmo o sagrado testamento, algo nunca revelado na história da humanidade? Ou ainda uma junção dos três? O que se sabia, no momento, que o pesar de Philip era muito grande e merecia uma reflexão conjunta e um posterior direcionamento. Uma nova vida, assim por dizer, ele buscava e merecia depois de tantas tragédias particulares.

Findo o abraço, terminam a bebida, chamam o garçom, ele traz a conta, levantam-se, vão ao caixa e pagam. Após, com largas passadas, saem do restaurante e voltam fazendo o mesmo caminho em direção à rodoviária. Em dez minutos, já estão na mesma, vão ao balcão, compram as passagens para Cabrobó e sentam nas poltronas do cimento a esperar. Seriam mais de trinta minutos de angústia até a chegada da condução.

Neste intervalo, conversam um pouco mais entre si e com outros presentes, escutam música, compram pipoca e admiram o trânsito que no momento encontra-se bastante movimentado. Revezam-se nestas atividades até a chegada do ônibus que aparece no tempo previsto. Levantam-se das poltronas de cimento e com passadas firmes e largas aproximam-se da condução diante dum sol o que provoca arrepios e suores.

Com mais alguns passos, conseguem subir no automóvel e como de costume pegam as cadeiras da frente. Relaxam, conversam entre si e instantes depois com todos dentro é finalmente dada a partida. Rumo ao destino dos três, em mais um episódio complicado e desafiador.

Começava aí uma longa viagem monótona, cansativa e angustiante, mas inspiradora para todos. Da parte deles, estavam dispostos a fazer todos os esforços para alcançar o sucesso, resolver seus problemas pessoais, aprender mais um pouco. Porém, só isso não era suficiente para lograr o êxito. Ainda estavam envolvidos na aventura forças desconhecidas, o confronto luz e trevas era muito presente, o Maktub escondia-se cada vez mais e envolvia às duas categorias de destino. Tudo era questão de tempo e eles teriam que esperar. De Arcoverde a Cabrobó seriam cerca de duzentos e cinquenta quilômetros que podiam ser percorridos contando as paradas em cerca de quatro a cinco horas.

A grande travessia se inicia...... Os três esforçam-se para passar o tempo da maneira mais confortável possível. Enquanto o vidente aproveita para ler um bom livro, Philip dorme ao lado e Renato conversa animadamente com uma garota no outro banco. O nome dela é Michelle Lopes. Vejamos como nosso augusto personagem se sai no diálogo.

"Oi! Meu nome é Renato e o seu?

"Michelle Lopes. De onde você?

"Resido na Serra do Ororubá, próximo ao distrito de Mimoso e você?

"Em Arcoverde mesmo. Qual sua idade?

"Quinze e você?

"Dezoito. Iniciando a faculdade de Pedagogia. E você? Estuda também?

"Sim. Estou no primeiro ano do ensino médio. Estudo na cidade de Pesqueira no colégio cristo Rei.

"Que bom! Muito bem! Vejo falar que é um bom colégio.

"É verdade. Mas é como diz o ditado, quem faz o colégio é o aluno.

"Concordo. E além de estudar, o que faz?

"Ajudo minha mãe em casa e profissionalmente sou auxiliar de escritor. Sou companheiro de aventuras do célebre o vidente.

"Que massa. Parabéns! Como é mesmo isso?

"É assim Vão surgindo as oportunidades, as aventuras e nos engajamos nas soluções dos problemas. Já estamos no quarto episódio.

"Maravilha! Fiquei curiosa. Poderia me contar um pouco desta experiência?

"Sim, claro. No primeiro episódio, o objetivo era reunir as "Forças opostas". Eu e meu colega, o vidente, usando da nossa arte fizemos uma viagem no tempo e caímos no início do século XX, num Mimoso dominado pelo coronelismo e por uma bruxa má. Durante trinta dias, tivemos a oportunidade de investigar as injustiças e, ao juntar os fatos, percebemos o desequilíbrio total das forças opostas e o sofrimento duma jovem moça chamada Christine dominada por um pai perverso e sanguinário. Depois de muitas tentativas, conseguimos um acordo com as trevas, uma batalha que decidiria o destino de todos. E assim se fez. Numa grande guerra comandada pelo vidente e pela força celestial conseguimos derrotar finalmente a força das trevas e restabelecer a paz. Tudo melhorou, podemos então ajudar Christine a ser verdadeiramente feliz. Concluído este trabalho, fizemos a viagem de volta ao nosso tempo sendo escrito o primeiro título da série com nome sugestivo: forças opostas. Um tempo depois, o vidente nos procurou na montanha cheio de indagações sobre sua noite escura da alma, período em que se afastou de Deus, afundou-se em pecados sendo dominado totalmente pelo seu mensageiro e pelo poder respectivo das trevas. Com toda delicadeza, minha mãe e o hindu o prepararam com relação aos pecados capitais. No entanto, nem todos os esforços conseguiram acalmá-lo. Foi então sugerido que fizéssemos uma viagem a uma ilha onde se localizava o reino dos anjos onde talvez sanássemos nossos problemas e encontrássemos a revelação que se necessitava. No caminho, embarcamos num navio de piratas, vivemos incríveis aventuras com uma gente estigmatizada e de quebra ainda tivemos a oportunidade de aprender um pouco mais sobre a noite escura. Com sorte, depois de muitas avarias, conseguimos chegar à ilha prometida. Vivemos outras experiências até chegar à revelação prometida. As indagações do livro são: seria possível que um criminoso se recupere no momento em que está afundado na noite escura? Ou a provável recuperação é apenas um paliativo para uma noite ainda mais escura? Após as revelações, concluímos nossos trabalhos e voltamos para a nossa casa com mais uma missão cumprida. O resultado foi o segundo livro da série intitulado "A noite escura da alma". Já no terceiro livro, ajudei o vidente a reconstruir sua própria história e no desenvolvimento dos seus dons. No caminho, encontramos um mestre da luz incrível chamado Angel que nos direcionou a mais uma visão. O que ela revelou foi um nordeste de contrastes no início do século XX, focado na batalha de um grupo por justiça, igualdade e liberdade de expressão. Inspirado nesta história, finalmente pudemos fazer o elo entre o mundo daquela época e o atual, com suas diferenças e semelhanças, alcançando o milagre do "Encontro entre os dois mundos", título também da história. E é isto. Agora estamos indo de encontro mais uma vez com o destino inexplicável.

"Que interessante. Parabéns aos dois. O sucesso com certeza virá.

"Obrigado. O que te traz nesta viagem?

"Tenho parentes em Cabrobó e pretendo ir visitá-los Faço isso pelo menos uma vez por ano.

"Você mora com quem?

"Moro com meus pais e mais um irmão. E você?

"Com minha mãe adotiva. Minha mãe biológica morreu e meu pai perdeu minha guarda porque me batia muito.

"Sinto muito. Imagino como deve ter sido difícil sua infância.

"Muito complicado mesmo. Mas sobrevivi. Agradeço a minha mãe e ao vidente por terem me apoiado tanto e acreditado em mim.

"Por falar nisso, ele está aqui?

"Sim. É este da poltrona da frente.

"Obrigada. Com licença.

Michelle Lopes se levantou, deu dois passos para frente e delicadamente bateu palmas diante do concentrado vidente engajado na leitura dum livro interessante. A contragosto, ele desviou sua atenção e a focou no rosto e silhueta marcantes de Michelle vestida com calças, blusa de algodão rosa e sandálias. Sorriu e gentilmente se comunicou.

"Sim. O que deseja moça?

"Meu nome é Michelle Lopes e conversando com um dos seus colegas tomei conhecimento de sua história. Poderia dar-me um abraço?

"Claro. Meu nome é Aldivan Teixeira Torres. Porém, também sou conhecido como vidente ou filho de Deus. Fique à vontade.

"Obrigada.

O vidente levantou-se. Michele se aproximou mais e com um passo adiante finalmente ocorreu o abraço. Aldivan emocionou-se com tanta amabilidade mostrada por uma desconhecida. Por isto ele não esperava e a cada instante que se passava o seu sonho de conquistar o mundo tornava-se mais palpável.

Findo o abraço, o vidente voltou a sentar e delicado que era retomou a conversa.

"Sente-se aqui, madame Michelle, conversemos um pouco, pois ainda temos metade do percurso a percorrer. (Convidou o vidente)

"Obrigada. Não incomodarei?

"Que nada. De maneira nenhuma, à vontade.

Meio sem graça, Michelle assentiu e sentou-se. Como era magra, o espaço foi suficiente para a mesma. Na mesma hora, o vidente guardou o livro em sua mala de modo a prestar atenção a nova amiga. Por sorte, não acordaram Philip e então a conversa foi reiniciada.

"Renato me contou das peripécias de vocês. Conte-me, como é viver isso?

"Muito legal. Sabe, amo este trabalho. A cada nova missão concluída, sinto-me mais preparado para seguir e vencer.

"Entendo. Sinto-me assim com a pedagogia, adoro crianças e é muito útil colaborar com seu desenvolvimento.

"Claro. Cada um faz parte para o engrandecimento e a evolução da sociedade. Você está de parabéns também.

"Obrigada. E o que é escrever para você?

"Algo natural como comer, estudar ou trabalhar. Uma das minhas faces. E para você, o que é lecionar?

"Uma paixão. Apesar dos grandes desafios que a educação nos impõe, é reconfortante.

"A literatura também é um desafio. Nasci num país sem muita tradição literária possuidor de um grande bolsão de pobreza e onde a média de livros lidos por ano é apenas um por pessoa.

"Caramba! E isto não te desestimula?

"De forma alguma. Quanto maior o desafio, maior é a minha vontade de vencer e direciono todos os esforços para isso.

"Muito louvável. Preciso aprender a ser também assim. O problema são os grandes obstáculos do caminho.

"Nem sempre fui assim. Isto é algo que se adquire somente com a experiência. Qual sua idade?

"Dezoito e você?

"Quase trinta e um. Está explicado. Terá tempo suficiente para aprender os caminhos do sucesso e da felicidade.

"Assim espero. O que vão procurar em Cabrobó?

"Vamos até o povoado chamado Travessia do deserto de modo a nos encontrar. Conhece?

"Nunca fui, mas ouvi falar. Ótima escolha. Falam muito das suas propriedades mágicas e alguns consideram sagrado. Boa sorte.

"Obrigado.

"Bem, voltarei para meu canto. Muito prazer, Aldivan e sucesso em sua caminhada.

"Desejo o mesmo para você.

"Até logo.

Michelle levantou-se, cumprimentou o vidente com um beijo no rosto e se afastou. Volta para ao lado de Renato que já se encontrava chateado com sua ausência. A conversa volta a desenrolar-se entre os dois sobre vários assuntos enquanto o ônibus avança Cabrobó se aproxima.

Cerca de meia hora depois, finalmente chegam. O ônibus para e todos descem com suas pesadas malas. Gentilmente, Michelle despede-se e só ficam os três mosqueteiros: Renato, o vidente e Philip. Juntos, vão ao ponto de lotação que ficava ao lado da rodoviária e contratam um dos carros. Colocam a bagagem na mala, cumprimentam o motorista, adentram no carro e finalmente a partida é dada. Rumo a travessia do deserto!

O curto trajeto de quinze quilômetros é percorrido com muita animação e energia por parte dos integrantes da viagem. Mais do que ansiosos estavam felizes com sua atitude desprendida diante da vida. E que novas emoções e conhecimentos viessem preencher suas almas sedentas.

O automóvel, um carro cor cinza, entra na rua principal do povoado e para exatamente em frente no centro, junto a uma praça. O trio desce, pega as malas, paga a passagem, despede-se do motorista e ali mesmo, no centro, localizam uma pousada. Com alguns passos, entram nela e mesmo sem ter reservado a estadia, conseguem alojamento junto à Dona do estabelecimento que se chamava Luíza para os três. Após acertar as bases, vão descansar da longa viagem. O que os aguardava nesta aventura instigante? Continuem acompanhando, leitores.

Duas horas depois, os viajantes acordam simultaneamente. Um por vez, levantam-se da cama, tomam banho, fazem um lanche na cozinha, escovam os dentes, reúnem-se e decidem iniciar a grande travessia que estava marcada nos seus respectivos destinos. A fim disso, arrumam as mochilas e saem da pousada. Juntando informações, contratam dois jovens experientes nesta categoria de aventura. Chama-se Rafael Potester e Uriel Ikiriri.

O grupo dirige-se ao grande deserto de Cabrobó com todos os aparatos necessários para passarem alguns dias naquele inóspito lugar. Seria possível? Mesmo parecendo loucura, os visitantes não pareciam se importar. Ao contrário, pareciam bastante animados.

No caminho até a entrada do deserto num total de oitocentos metros (800 m) aproveitam para se conhecer melhor e distrair um pouco da missão que era deveras complicada. Acompanhem alguns trechos.

"O que procuram exatamente no deserto? (Indagou Rafael)

"Viemos conhecer um pouco mais de nós mesmos e da força que nos comanda. (Resumiu o vidente)

"Queremos ainda auxiliar nosso amigo Philip em suas questões pessoais. (Complementou Renato)

"Entendi. (Rafael)

"E quais questões seriam? (Interessou-se Uriel)

"Quero curar meu desespero que se instalou desde que perdi minha família toda num acidente de carro. Quero entender o porquê de tudo isso e a melhor forma de agradar a Deus. (Explicou Philip)

"Complicado mesmo. É como diz o ditado, Deus escreve certo por linhas tortas e não cabe a nós julgarmos. Mas é interessante este questionamento, vão em frente. (Uriel)

"Podem contar conosco nesta grande aventura. Seremos seus anjos. (Prontificou-se Rafael)

"obrigado, vamos precisar mesmo. (Assentiu o vidente)

"Sinto-me mais tranquilo. (Declarou Renato)

"Obrigado pelo interesse e estamos também a disposição. (Philip)

"De onde vocês são? (Rafael)

"Eu e Renato somos de Pesqueira e nosso amigo Philip de Arcoverde. E vocês? (o vidente)

"Somos daqui mesmo e do universo em simultâneo. (Respondeu misteriosamente Rafael)

"Não entendi. (Constatou o vidente)

"Também não. (Reforçou Philip)

"Como assim? (Quis saber Renato, incrédulo)

"O que o meu colega quis dizer é que todos temos uma origem divina. Temos um nascimento corpóreo e outro espiritual. Não é isto, Rafael? (Interveio Uriel)

"Exato. (Rafael)

"Vocês são impressionantes. (O vidente)

"Diria filósofos. (Philip)

"Ou quem sabe Anjos. (Concluiu Renato)

"E você acredita nisto, garoto? (Uriel)

"Sim. Por tudo que vivi, não duvido de nada. (Renato)

"Está certo. (Uriel)

"Como já disse, de certa forma seremos. E isto basta por enquanto. (Rafael)

"Está bem. (Conformou-se o curioso Renato)

"Continuemos então. Sigam-nos e cuidado com os animais peçonhentos. (Recomendou Uriel)

"Tudo certo. (o Trio de visitantes)

O grupo se aproximou ainda mais da entrada do grande deserto. Com mais cem metros, ultrapassaram a cerca que dividia o terreno e começaram a caminhar sobre o interessante e místico lugar cheio de poeira, pedras e diante de um sol quentíssimo. Era mais uma etapa cumprida.

Final

www.ingramcontent.com/pod-product-compliance
Lightning Source LLC
LaVergne TN
LVHW020450080526
838202LV00055B/5406